ÉPIGRAMMES

ET

ODES ANACRÉONTIQUES

OCCVPA PORTVM

IOVAVST

PARIS

IMPRIMERIE D. JOUAUST

Rue Saint-Honoré, 338

—

M DCCC LXXII

ÉPIGRAMMES

ET

ODES ANACRÉONTIQUES

TIRAGE A 150 EXEMPLAIRES

ÉPIGRAMMES

ET

ODES ANACRÉONTIQUES

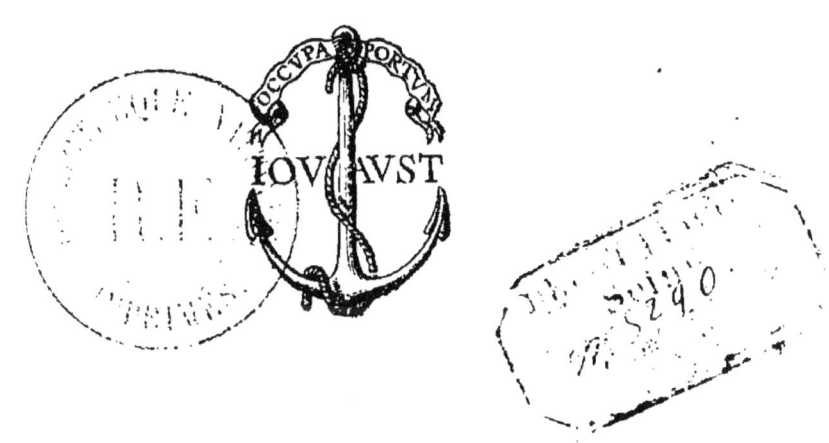

PARIS

IMPRIMERIE D. JOUAUST

Rue Saint-Honoré, 338

—

M DCCC LXXII

Habent sua fata. . . . .

Ces vers ont été écrits de la fin de l'empire au commencement du règne de Louis-Philippe.

L'auteur, hôte recherché des salons littéraires de cette époque, ne songeait en les composant qu'au plaisir délicat de les réciter au milieu d'une société aimable et distinguée. Aussi n'a-t-il consigné par écrit qu'un petit nombre de ces productions. Plusieurs cependant ont dû être publiées dans les recueils du temps. Écrites sur des feuilles volantes, elles ont été, dans leur errante et romanesque destinée, le jouet des plus cruelles aventures. L'auteur, forcé d'aller en Amérique reconquérir une fortune que les événements troublés de cette époque avaient gravement compromise, emporta les manuscrits avec lui. Un naufrage, dans lequel il perdit une partie de ses bagages, engloutit quelques-unes de ces poésies. Celles qui purent être sauvées furent rapportées en

France après la mort de l'auteur; elles eurent à passer depuis par des fortunes diverses dans lesquelles un grand nombre d'entre elles disparurent encore. Le peu qui en resta était conservé avec un soin religieux par celui qui publie aujourd'hui ce recueil; mais il leur était réservé de subir une épreuve plus funeste encore que les précédentes. Elles furent détruites dans un des incendies allumés par la Commune. Par bonheur, quelques fragments se trouvaient contenus dans un coffret échappé au désastre. En y ajoutant les épigrammes que celui qui écrit ces lignes avait retenues dans sa mémoire, on a composé le présent volume.

Épaves de tant de poésies charmantes, en vous réunissant ici, ma main pieuse vous prépare-t-elle un dernier naufrage?

Lecteur, si ton arrêt devait les rejeter dans l'oubli, seul, je les recueillerais encore, et, dernier à m'en souvenir, elles périraient du moins avec moi.

LOYS B.

I

ÉPIGRAMMES

MES PAPILLOTES

AUX PERRUQUES

MES CONTEMPORAINS

Réflexion

Ce besoin de sommeil qui nuit et jour nous presse,
Ce goût inné de la paresse,
Qui toujours combattu n'est jamais terrassé,
Tout semble nous prouver que pour l'humaine espèce
La vie est un état forcé.

A M. de C......

MINISTRE EN 181..

S'il est vrai que les honneurs
Des hommes changent les mœurs,

Ministre du roi de France,
J'en félicite d'avance
Ton impudique Excellence.

ЖC

Ruse d'élection

Paul, que l'illusion en tous lieux accompagne,
Croit que quand s'ouvrira la prochaine campagne,
Comptant sur sa bravoure et ses poumons vantés,
L'armant de son mandat, la royale Bretagne
L'enverra ferrailler au camp des députés.
Or, Paul ne gagne rien et n'a que ce qu'il gagne :
Mais, pour fonder ses droits à la propriété
Et compléter son cens d'éligibilité,
Sans doute qu'à défaut de la réalité,
Paul va faire imposer ses châteaux en Espagne.

ЖC

Fausse nouvelle

« Corine, muse romantique
A Charles va s'unir, dit-on.
— Elle, se marier ? fi donc !
L'hymen est un dieu trop classique. »

Sur une Absence

Depuis deux jours éloigné de Lucrèce,
Deux billets doux m'ont garanti sa foi,
Dans le premier, ma charmante maîtresse
Depuis un an dit être loin de moi ;
Dans le second, depuis cent ans la belle
A ses regards dit que je n'ai paru.
Que je demeure encore un jour loin d'elle,
Elle croira ne m'avoir jamais vu !

Sur ma Fièvre

Quand de la fièvre endurais la souffrance,
Bien prudemment requis mon Gallien,
Bien prudemment reçus son ordonnance,
Bien prudemment ne la suivis en rien.

Le Nouveau Ménélas

Abjurant son humeur jalouse,
Comptant les quolibets pour rien,
Blinval reprend sa chaste épouse
Et veut finir en bon chrétien :
Si l'on en croit le vieil Homère,
Tel, aux yeux de la Grèce entière
Renouant son frêle lien,
Ménélas, sans craindre le blâme,

Dans son lit recueillit sa femme,
Quand Pâris la chassait du sien.

❧

Sur Lise

Lise un instant fut douce, aimable ;
Mais Lise, éphémère mouton,
A pris griffe et dent de lion :
Ainsi Lucifer, nous dit-on,
Fut ange avant que d'être diable.

❧

Épitaphe de ***

Elle reçut en partage
Esprit doux, touchant langage,
Pied mignon, joli visage,

Cependant elle fut sage.
Hélas! que c'était dommage!

҉

Épitaphe d'un Solitaire

Loin du monde et de ses délices
Il vécut chastement, inutile reclus.
Peut-être, s'il eût eu des vices,
Aurait-il eu quelques vertus?

҉

Sur Charlotte

QUI VEND UN REMÈDE SECRET

Qu'elle a d'esprit et de raison,
La grosse petite Charlotte!

Pour nous mieux vendre l'antidote,
Elle nous donne le poison !

✜

Bonheur parfait

Lise est une actrice sublime :
Quand c'est l'amour que Lise exprime,
D'amour on est soudain frappé ;
Demain je l'aurai pour maîtresse !...
D'avance je suis dans l'ivresse...
Comme je serai bien trompé !...

✜

Sur un vieux Magistrat malade

A voir ce Brid'oison de la magistrature,
Dont la tête a moisi sans avoir été mûre,

Injecter, pommader, frictionner en vain
Son corps liquéfié par abus de luxure,
On croirait que Thémis n'a sa balance en main
Que pour y peser du mercure !

※

Tout est vanité

Qu'il veille sur la paille ou soit né d'un Capet,
Tout homme en son orgueil extrême
Se plaît au bruit qu'il fait lui-même
Depuis le canon jusqu'au ....

※

Épitaphe de Margot

Elle sautait, sifflait, chantait et s'amusait,
De ma complaisance abusait,

Mes pistoles siennes faisait,
Ignorant qu'elle me nuisait;
Et durant tout le jour jasait
Sans savoir ce qu'elle disait.

Mais pour moi seul elle s'apprivoisait,
Vingt fois en un moment sa bouche me baisait,
Et sur mes yeux charmés longuement reposait
Ses yeux étincelants d'une amoureuse flamme.
Ainsi faite, elle me plaisait.

Le Destin de ses jours vient de couper la trame.
Ci-gît Margot. Passant qui respires auprès
Du monument de deuil qu'ombragent ces cyprès,
Ton cœur, s'il est aimant, comprendra mes regrets,
Soit que je pleure en elle ou ma pie ou ma femme !

⊃ł⊂

Sur un Ingrat

Quand j'entends chaque jour Paul, ce roi des ingrats,
Calomnier l'ami qui lui rendit service,

En penser il me vient ce poupard gros et gras
Qui, tout gorgé de lait, bat sa pauvre nourrice.

⚹

Question

Jacque est beau, Dominique laid,
Lubin droit, Lucas contrefait,
Pierre a le corps et le visage
Noir d'ébène, Paul blanc de lait :
Si Dieu les fit à son image,
Comment Dieu doit-il être fait ?

⚹

Sur l'Infidélité de mon Chien

Ma disgrâce est vraiment cruelle
Et ne ressemble en rien aux choses d'ici-bas :

Mon chien me devient infidèle,
Et ma maîtresse ne l'est pas !

※

Dîner de Blaise

Blaise à dîner hier donna,
Chacun bien fort s'en étonna.
Autour d'une table incertaine,
Où dix n'auraient tenu qu'à peine,
Vingt convives étaient placés ;
Mais, si dans le dîner de Blaise
Les convives étaient pressés,
Du moins les mets étaient à l'aise.

※

Charitable Avis à M. ***

Fuis l'essaim bourdonnant des prôneurs insensés,
Élague ces lauriers sur ta tête pressés :

Sous leur fardeau superbe elle cède entraînée...
Je crains que des amours les doigts embarrassés
    N'y trouvent pas de place assez
    Pour la couronne d'hyménée...

Э€

A Mélite

Amant maussade et langoureux,
Dalainval, à chaque visite,
D'un ton lamentable t'invite
A couronner ses tendres vœux.
Pour t'affranchir de ses aveux,
Il est un sûr moyen, Mélite :
Feins de le vouloir rendre heureux.
Dalainval est un de ces preux
Qui, pris au mot, prennent la fuite.

Э€

L'Épigramme Madrigal

Orgon, poëte conjugal,
A Vénus compare sa femme :
C'est pour la belle un madrigal,
Et pour Vénus une épigramme.

ЖG

Épitaphe d'une jeune femme morte le jour de son mariage

Dans la couche de l'hyménée
La faux barbare l'atteignit :
Ainsi la fleur tombe fanée
Sur le vase qu'elle embellit.

ЖG

Épitaphe d'un Enfant

Ami passant,
Sous cette pierre
Gît un enfant.
Pleure sa mère !

ЭℋC

Pensée

Les gens d'esprit sont des nigauds
Alors qu'il s'agit de détruire
Leurs ennemis : vivent les sots,
Les sots sont gens d'esprit pour nuire.

ЭℋC

Épitaphe de Nicole

Là, se tait enfin Nicole,
Qui prétendait tout savoir.
Parler du matin au soir
Fut ici-bas tout son rôle :
La mort seule eut le pouvoir
De lui ravir la parole.

A •••

Hier encore, aveugle en mon ivresse,
Je te croyais un objet enchanteur,
Éblouissant de santé, de fraîcheur,
Et radieux de grâce et de jeunesse ;
Mais, aujourd'hui que je cesse d'aimer,
Je trouve en toi cent défauts à blâmer !
Plains nous tous deux, j'en fais l'expérience :

Si la beauté donne à l'amour naissance,
Le vieil enfant devient père à son tour,
Et la beauté naît aussi de l'amour.

❦

Dixain

Par jeu du sort, naguère ai fait trouvaille
D'objet divin possédant doux souris,
Tendre regard, teint de rose et de lis,
Touchante voix, esprit piquant qui raille
Sans trop blesser; bref, cet être charmant
Bien digne était d'asservir un amant,
Bien vite aussi s'empara de mon âme ;
Mais, ô regrets ! mon séduisant vainqueur,
Ange d'abord, pour moi fut moins que femme,
Quand découvris qu'il lui manquait un cœur.

❦

A ⋅ ⋅ ⋅

Tu me fuyais, je causais ta frayeur ;
Pour me juger et perfide et parjure
Tu t'en fiais à l'air de ma figure.
Tu me connus et tu vis ton erreur :
Or, si visage est à ce point menteur
Que la franchise ait pour voile laideur,
Si traits charmants d'âme exercée à feindre
Sont le cachet, si regard enchanteur,
Si doux sourire est garant de noirceur,
Hélas ! de toi que n'ai-je point à craindre ?

❦

A ⋅ ⋅ ⋅

Il t'en souvient, je te disais naguère :
« Si dans ton cœur jamais nouvel amour
S'ouvrait accès ; sans crainte, sans détour,
Viens m'avouer qu'un autre a su te plaire.

Ainsi parlant, je comptais sur ta foi ;
Fier d'être au port, je craignais peu l'orage.
Mais à présent que je te crois volage,
Dans ma frayeur je change de langage
En m'écriant : Trompe-moi ! trompe-moi !

✣

Épitaphe de l'abbé Delille

Ci-gît qui d'érudition,
D'esprit, de verve et de génie,
De goût, d'imagination,
D'indulgence, de modestie
Laisse riche succession
Tous les poëtes ses confrères,
Les yeux en pleurs, le cœur en deuil,
Viennent gémir sur son cercueil.
Ah ! croyons leurs larmes sincères :
Ils ne sont point ses légataires !

✣

Distique au Marquis ***

Qui, moi, juger tes vers?....... je n'ose :
Je ne me connais point en prose.

❄

Sur Raimonde

La pure et sensible Raimonde,
Jeune fille pleine d'honneur,
En courant après le bonheur
Le fait atteindre à tout le monde.

❄

Félicitation

Je vous félicite, Pamphile,
De votre hymen avec Lucile :

Ce choix en vous prouve un bon cœur.
Croyez-le bien, toute la ville
A pris part à votre bonheur.

❀

Scène d'intérieur

Quand de Zulmé la gorge redondante
Rompt du corset la barrière impuissante,
Son bon mari, des maris le héros,
Deçà, delà, répare le dommage,
Met tout en place et nous offre l'image
De Jéhovah débrouillant le chaos.

❀

A Zulmé

C'est assez longtemps résister :
Allons, Zulmé, sans plus attendre,

Dis-moi quel jour je dois te prendre :
Je suis pressé de te quitter !

⚭

Consolation

181......

D'après ordre signé Sosthène,
Nous ne verrons plus sur la scène
Nymphes à demi-cotillons ;
Mais, grâces à la Providence,
Il est maintes façons en France
D'éveiller la concupiscence,
Et la mesure de décence
N'est point applicable aux salons.

⚭

Malheur intempestif

Le pauvre Lycidas enrage :
Sa jeune compagne, dit-on,
Devient stérile. — Tout de bon ?
Ce que c'est que le mariage !

꘏

Un bon Ménage

Côte à côte, ce sont deux diables
L'un contre l'autre conjurés ;
Mais sitôt qu'ils sont séparés
Ils deviennent inséparables.

꘏

Éducation manquée

SUR LA DUCHESSE HÉLÈNE D'ORLÉANS

Cette fleur d'aimable innocence
Qui vint du Mecklembourg en France
Trouver le garçon qui lui plût,
Hélène, ce puits de science,
Fait assez bien la révérence,
Mais elle manque le salut.

· ❃

Liberté des Cultes

Pour Marie-Amélie, à l'Église fidèle,
On conserve au château la Romaine chapelle ;
Au château, pour Madame Hélène d'Orléans,
On badigeonne un prêche ouvert aux protestants ;
. Et, complétant le catalogue

De ces temples divers, le rival de Percier,
    Pour l'usage particulier
    De Louis-Philippe Premier,
    Y va joindre une synagogue.

∗∗∗

Quinte

Les serments sont des mots, le bonheur n'est qu'un songe ;
Les absents, des ingrats qu'il faut vite oublier ;
    Les plumes, l'encre, le papier,
    Sont trois instruments de mensonge.

∗∗∗

Conversion du Prince de T···

Au fond de son hôtel, diplomate invisible,
Maurice n'admettait nul profane en ce lieu ;

Mais il est devenu tellement accessible
Qu'il a même daigné recevoir le bon Dieu.

Ж

Épitaphe du Prince de T***

La trahison pour lui fut chose délectable,
Il retira toujours son épingle du jeu.
Il vécut pour trahir ses princes et son Dieu,
        Et meurt en trahissant le diable.

Ж

Précis du discours de réception
de M. de Chateaubriand à l'Académie française

SUCCÉDANT A CHÉNIER

Je hais les gens de votre étoffe.
Feu Chénier, vous, tout philosophe
M'inspire mépris et courroux ;
Nous différons d'esprit, de goûts,

5

D'humeur, de talents, de croyance ;
Il ne peut exister, je pense,
Nulle sympathie entre nous :
Messieurs, je viens en conséquence
Prendre une place parmi vous.

OⅢC

Épitaphe d'un pauvre honnête homme

Au fond de cet humble cercueil
Dort en paix l'honnête Hippolyte :
Comme personne n'en hérite,
Personne n'en prendra le deuil.

OⅢC

Inscription pour une Statue du Silence en argent

PLACÉE DANS UNE DES SALLES DU PALAIS
DU SÉNAT CONSERVATEUR

1814

Sous ces voûtes, jamais nul ne doit contredire
Les orateurs salariés
Qui dictent les décrets du maître de l'empire;
Ce silence en argent veut dire :
« Taisez-vous, vous serez payés. »

✠

Sur le Sénat

Sur ce pauvre Sénat, que de si, que de mais !
Comme on parle de gens qui ne parlent jamais !

✠

A Damis

Tes vers, c'est toi qui le prétends,
Ont déjà parcouru cent pays différents.
Si c'est ainsi, Damis, sans doute
Ils ont, ainsi que font les grands,
Gardé l'incognito pendant toute leur route.

Aventure d'Opéra

Heureux rivaux, Vestris et Dauberval
Se partageaient danseuse peu sévère.
De ce commerce à l'Opéra, légal
Naquit un gars dont Vestris se crut père.
L'enfant grandit, débute et ses succès
De Dauberval excitent les regrets.
A cette vue, mon dansomane pleure,
Puis il s'écrie : « O fortuné Vestris !

Quel entrechat! Hélas! et c'est ton fils!
Et je ne l'ai manqué que d'un quart d'heure! »

ᏣᏢ

Imprudence

Michel, quand son argent sur l'Océan voyage,
Le fait vite assurer contre chaque élément;
Michel, quand il reçoit sa part d'un héritage,
Veut aussi qu'on l'assure à tout événement;
Et quand, déjà transi par le froid du vieil âge,
Il songe un beau matin à prendre en mariage
Jeune fille à l'œil vif qui le semble adorer,
Lancé sur une mer en sinistres féconde,
Michel ne pense plus à se faire assurer
Contre les mille écueils qui pointent sur son onde!

ᏣᏢ

Boutade

APRÈS UNE QUERELLE QUE ME FIRENT MA FEMME
ET MA FILLE QUE J'AVAIS REFUSÉ DE CONDUIRE AU BAL.

L'humble fils de Marie est le Dieu de mon choix.
J'admire sa vertu, j'honore sa constance
Et veux vivre et mourir sous ses divines lois.
Pourtant, sur cette terre il ignora, je crois,
Tout ce qu'une âme d'homme enferme de souffrance ;
Il ignora l'amour et vécut en garçon,
Et du doux célibat facile est la leçon !
Mais pour savoir jusqu'où pousser la patience,
Soulevant sans broncher la plus lourde des croix,
Il eût fallu qu'époux et père de famille,
Ce soir, pendant une heure, il pût être à la fois
Et mari de ma femme et père de ma fille !

A ···

Dorilas est un auteur
Dont les vers sont pleins de grâce,
D'harmonie et de douceur :
Aussi les sait-on par cœur...
Même avant qu'il ne les fasse !

⚭

Illusions perdues

(1830)

Jeune républicain aux élans généreux,
Vieillard légitimiste aux pensers magnanimes,
Donnez-vous la main tous les deux :
Vous êtes deux dupes sublimes.

⚭

Petite Restauration

J'aime à voir du passé mourir la souvenance,
J'aime à voir notre roi revenir en sa France,
J'aime à voir ce qui fut se reproduire en tout,
J'aime à voir écarter toute ombre d'injustice,
J'aime à voir qu'à la fin, abjurant son caprice,
Paris à la bouillotte aussi reprenne goût.

☿

Mouvement de colère après l'exécution du Maréchal Ney

Non, non, Louis Dix-Huit n'est point le digne frère
Du noble roi martyr que nous avons pleuré !
Et pourtant nous l'avons nommé le Désiré !
Le ciel entend parfois nos vœux en sa colère.

☿

Question ?

De certain juif, certain chrétien
Qui se prétend homme de bien
Emprunta de l'argent naguères
Contre d'assez mauvais billets.
Le juif, le jour venu, y joint les intérêts,
Peut-être un peu trop usuraires.
Mais le chrétien Gripon
Ne veut au juif Esdras rien payer de la somme.
Dites-moi maintenant lequel est plus fripon,
Ou du juif ou de l'honnête homme ?

❊

Après une lecture des Croisades

Ils travaillaient pour la gloire de Dieu,
Ces pèlerins qui dans la Palestine
Partaient, chargés de mission divine,
A l'infidèle arracher le saint lieu.

Bons pèlerins ! dans leur zèle ineffable,
Au chaste nom de la Vierge adorable
Ils violaient. D'une main charitable,
Ils égorgeaient des ennemis vaincus !
Bons pèlerins ! qu'auraient-ils fait de plus
En travaillant pour la gloire du diable ?

II

IMITATIONS

ET

ODES ANACRÉONTIQUES

Prière à l'Amour

IMITATION DE GESSNER

Aimable enfant de la belle Cypris,
Pour attendrir le cœur de ma Philis,
Le premier jour de mai, sous ce sombre feuillage
Ma main t'éleva cet autel :
Du parfum le plus sensuel,
Chaque matin, je viens t'offrir l'hommage ;
Déjà l'on entend l'aquilon,
Déjà de nos bosquets les arbres se flétrissent,
Déjà le rossignol termine sa chanson,
Les dons de Flore se ternissent :

Je crains que ma Philis, insensible à jamais,
Ne fasse un jeu de mon martyre;
Amour! Amour! je languis, je soupire.
Elle est cruelle, hélas! comme au premier de mai.

La Rose et le Cœur

ODE ANACRÉONTIQUE

Combien j'admire cette fleur,
Qu'elle a d'éclat, qu'elle est vermeille !
Elle exhale une douce odeur,
Sur elle voltige une abeille.

Elle s'y fixe ; avec ardeur
Elle y puise son ambroisie,
La rose perd de sa fraîcheur,
Et déjà je la vois flétrie.

Il en est de même d'un cœur
Que l'amour de ses feux consume ;
Il en extrait tout le bonheur,
Et n'y laisse que l'amertume.

ℋ℃

L'Amour usé

IMITATION DE PASQUIER

Quand je brûlais pour toi, Nicette,
Un seul jour passé sans te voir
M'était un mois de désespoir;
Aujourd'hui mon âme est muette,
Sur moi l'amour perd tous ses droits;
Ma tranquillité m'est rendue,
Et si tu t'offrais à ma vue,
Un jour me semblerait un mois.
Cependant, ta bouche riante
N'a rien perdu de sa fraîcheur,
Tes yeux ont la même douceur,
Et ta voix est encor touchante,
Mais l'Amour n'est plus dans mon cœur

Non, j'en ai fait l'expérience,
Non, la beauté n'est pas toujours
Mère des volages amours.
Eux aussi lui donnent naissance.

L'Amour Colin-Maillard

Dans un des bosquets d'Idalie,
Et loin du sévère regard
De la froide cérémonie,
Nymphes, amours, de compagnie
S'amusaient à Colin-Maillard.
Sur les yeux de l'enfant volage,
Le bandeau bientôt est placé ;
Bientôt l'Amour s'est élancé ;
Il tâtonne sur son passage ;
Par mille doigts il est pincé.
On court, on rit, on est lassé,
Mais on rit toujours davantage.

Jeunes nymphes, fuyez ces jeux.

Crédules ! Choisissez-en d'autres ;
Craignez cet enfant dangereux ;
Si le bandeau quitte ses yeux,
Ce sera pour couvrir les vôtres.

Vénus remplacée

ODE ANACRÉONTIQUE

Depuis le trépas d'Adonis,
Vénus s'abandonnait aux larmes;
Sans cesse livrée aux ennuis
Elle oubliait jusqu'à ses charmes.

Elle fuyait loin de sa cour,
Et victime de sa constance,
Par un ordre cruel, l'Amour
Était banni de sa présence.

Le petit tyran gémissait
De vivre éloigné de sa mère;
Il la cherchait, il l'appelait,
En vain il parcourait Cythère.

Souvent contre elle il murmurait,
Tout bas il blâmait son délire;
Et l'injuste enfant oubliait
Que seul il causait son martyre.

Pourtant de la belle Vénus
Il regrettait le tendre zèle,
Les grâces, les soins assidus,
Et la bonté toujours nouvelle.

Enfin, il aperçut un jour
Un objet semblable à sa mère :
Vite il y courut, et l'Amour
Retrouva Vénus dans Glycère.

Les Rivaux

IMITATION DE BELLI

O combien de rivaux je découvre en moi-même !
Si mes yeux sur Nelzie aiment à se poser,
Ma bouche veut aussi lui ravir un baiser ;
Ma main veut à son tour, et son audace extrême
Brûle de parcourir le sein de ce que j'aime.

Si tu consens, Nelzie, à contenter mes yeux,
Que ma bouche et ma main partagent leur fortune,
Souffre que l'une enlève une gaze importune,
Et que l'autre savoure un baiser amoureux.

Toutes les deux

D'Éliante ou bien de Nelzie,
Laquelle enchaîne mieux mon cœur ?
Si l'une sert à mon bonheur,
L'autre me fait aimer la vie :
Je les adore toutes deux,
Et je sais que des mêmes feux
Également je les embrase ;
Bientôt dans leurs bras amoureux,
Saisi de la plus douce extase,
Leur amour va combler mes vœux ;
Et tous les baisers qu'Éliante
Dans ses transports m'accordera ,
Nelzie, autant qu'elle brûlante,
A son tour me les donnera.

Les Contrastes

IMITATION DE BUCHANAN

Lorsque tes baisers amoureux
M'embrasent, ô ma douce amie !
Je crois savourer l'ambroisie,
Tu m'élèves au rang des Dieux ;
Et s'il peut exister encore
Un être qui plane sur eux,
C'est l'amant qui toujours t'adore,
C'est l'amant que tu rends heureux.
Mais du désir lorsque la fièvre
Brûle mes sens impétueux,
Sous l'ardent baiser de ta lèvre
Se cache un poison odieux,
Dont la subtilité barbare
Me plonge du sommet des cieux
Dans les abîmes du Tartare.
Il pénètre au fond de mon cœur,

Le dévore. Nouvel Hercule,
Il me déchire en sa fureur,
Son feu dans mes membres circule ;
Mon corps tremble, perd sa vigueur,
Et bientôt mon âme agitée
En est tellement affectée,
Qu'elle préfère en son erreur
Le noir poison à l'ambroisie,
La maladie à la santé,
Le trouble à la tranquillité,
Le Styx au séjour de la vie.

On ne fuit pas l'Amour

ODE ANACRÉONTIQUE

La jeune et timide Lucelle
Redoutait les lois de l'Amour ;
Mille amants venaient tour à tour
Lui vanter leur ardeur fidèle,
Elle les chassait sans détour ;
Mais pour t'asservir une belle,
Amour, il te suffit d'un jour.

Un matin, la nymphe rebelle
Se promenait nonchalamment.
L'Amour s'avance, et ce moment
Doit lui soumettre la cruelle :
Elle le voit, sans s'arrêter
Elle le fuit, pauvre Lucelle !
Le fuir, ce n'est pas l'éviter.

Lucelle a pourtant tout à craindre,
L'Amour atteint bientôt ses pas,
Déjà Lucelle pour Hilas
Brûle, et son feu ne peut s'éteindre.
Nymphes, en vain nous le fuyons,
L'Amour ne peut que nous atteindre,
Hélas ! il vole et nous courons.

La Comparaison

ODE ANACRÉONTIQUE

Nœredon, pourquoi fuir Zenire
Quand elle est avec son époux?
Des feux que le vieillard inspire
Tu ne dois pas être jaloux.

— Je ne crois pas agir sans cause,
Répondit le beau Nœredon,
Et toujours j'évite la rose
Dont le sein recèle un bourdon.

Stances anacréontiques

Foulez, foulez l'herbe naissante,
Poursuivez-vous, heureux amants;
Jouissez des trop courts instants
Que la nature bienveillante
Vous dispense avec le printemps.

Quittez le séjour de la ville,
Cupidon se plaît dans les bois;
C'est aux champs qu'il dicte ses lois,
C'est là que d'une main habile
Il forme flèches et carquois.

Du sein de la terre épurée,
Voyez éclore mille fleurs;
Respirez leurs douces odeurs;
Flore, du haut de l'Empirée,
Décore ces lieux enchanteurs.

En vain la froide indifférence
Nous présente de faux plaisirs.
Je lui préfère les soupirs ;
C'est être privé d'existence
Que d'être privé de désirs.

Contemple la nature entière,
Soumise à Cupidon vainqueur ;
Zélis, laisse fléchir ton cœur,
Et crois que le Dieu de Cythère
Est aussi le Dieu du bonheur.

Les Ailes de l'Amour justifiées

ODE ANACRÉONTIQUE

Méchant enfant, disait Zénire
 Se disputant avec l'Amour,
Tu voudrais en vain me séduire,
Mon cœur t'est fermé sans retour.

— Mais en moi qu'est-ce qui t'offense ?
Dit l'Amour d'un air caressant ;
Vouloir guider ton innocence
Est-ce donc être si méchant ?

— Ce ton flatteur ne te sied guère,
Va, va, lutin, je te connais ;
N'es-tu pas le Dieu téméraire
Dont la main conduit aux forfaits ?

N'as-tu pas de larmes cruelles?
Ton bonheur n'est-il de changer?
Ne quitterais-tu pas tes ailes,
Si tu n'aimais à voltiger?

— Ce dernier reproche m'outrage,
Pour mes ailes moins de courroux;
J'en ai, non pour être volage,
Mais pour voler au rendez-vous.

Les Feux

Jupiter, lance ton tonnerre,
Accable-moi de ton courroux ;
Un faible habitant de la terre
Ose aujourd'hui braver tes coups :
Sur lui leur force est impuissante,
Il les dédaigne : et sans retour,
Dévoré des feux de l'amour,
Les tiens n'ont rien qui l'épouvante.

Chacun a son goût

Le riche parle de l'argent,
Le chasseur, de chien haletant,
Le laboureur, de bœufs, de pâturages ;
L'audacieux navigateur
Peint les flots incertains, les horreurs des naufrages ;
L'astronome, le monde et les astres roulants
Dans l'immensité de l'espace ;
L'enfant de Mars vante l'audace
Des intrépides combattants.
En caressant une brebis chérie,
Le pâtre nous retrace à chaque instant du jour
Les plaisirs purs d'une innocente vie ;
Et moi qui suis les lois du tendre amour,
Je ne chante que ma Nelzie.

Les Yeux malades

L'amour accablé de douleur
Foulait aux pieds son arc perfide,
Ses flèches, son flambeau trompeur ;
Vénus le vit, et sa fureur
Alarma la reine de Gnide.
« Ton état déchire mon cœur.
Pauvre enfant, qu'as-tu ? lui dit-elle,
A la tendresse maternelle
Ose confier ton malheur.
Tu gardes encor le silence !
As-tu fait quelque inconséquence ?
Réponds-moi, ne crains rien, mon fils ;
Qui sut enflammer Adonis
Doit compter sur mon indulgence.
— Non, non, répondit-il enfin,
Je n'ai nul reproche à me faire ;
Mes maux sont un coup du destin ;
Pleure sur moi, pleure, ô ma mère !

Mon règne, hélas ! touche à sa fin.
Tu sais qu'au gré de mon caprice
Naguère j'enchaînais les dieux ;
Alors, au feu de deux beaux yeux
J'allumais mon flambeau propice ;
Mes traits partout s'ouvraient accès,
Je m'asservissais le courage,
Et j'entendais l'heure volage
Compter en fuyant mes succès.
Mais, du moment qu'avec furie
Le mal de son sceptre inhumain
Frappa les yeux de Catilie,
Tout me présagea mon destin :
Ma flèche dans les airs errante
A mes pieds soudain s'abattit ;
Mon arc aussi se détendit,
Et bientôt dans ma main tremblante
Mon flambeau même s'éteignit. »

Pour le jour de la naissance
de Mme Louise ***

. . . .
. . . .

Votre patron, loin de ces lieux
Cueillant une palme immortelle,
Pour la cause du Dieu des Dieux
Chercha mainte et mainte querelle,
Fit fleurir l'arbre de la foi ;
Et, courbé sous le joug de Rome,
Quand il pouvait être un grand roi,
Ne voulut être qu'un saint homme.

Si vous eussiez reçu le jour
Au temps où ce roi plein de zèle,
Pour Dieu brûlant d'un pur amour,
Allait pourfendant l'Infidèle,
Vite réclamant votre appui
Il eût tout vaincu par vos charmes,

Et bien plutôt à vous qu'à lui
L'Infidèle eût rendu les armes.

Mais Louis fut emprisonné
Par l'avare gent sarrasine ;
Vous, vous eussiez tout rançonné,
Tout conquis dans la Palestine,
Bien mieux qu'un saint, bien mieux qu'un roi ;
Ne savons-nous pas qu'une belle
Soumet l'incrédule à la foi
Et sait captiver l'Infidèle.

Ode

Laissez-moi, troupe volage
De mes frivoles amis,
Cessez de m'offrir l'image
De vos pas mal affermis;
Loin de la route du vice,
Je m'élance avec délice
Dans le sentier épineux,
Et la ronce qui me blesse
Semble me dire sans cesse :
« Tu suis le chemin des cieux. »

Foulez l'herbe caressante,
Endormez-vous sur des fleurs,
Savourez l'odeur enivrante
De leurs parfums séducteurs;
Ces vices qui dans vos âmes
Nourrissent les douces flammes
Des terrestres voluptés,
De Dieu première vengeance,

Tomberont dans sa balance
En lourdes iniquités.

O combien je les regrette,
Ces jours perdus dans l'erreur,
Où, marchant de fête en fête,
Je m'écartais du Seigneur !
Loin de chercher votre route,
Il eût mieux valu sans doute
M'aventurer sur les mers,
Ou, dans ma marche imprudente,
Suivre l'hyène écumante
Dans les sables des déserts.

Livrez-vous à la mollesse,
Fuyez les moindres douleurs ;
Guidés par la folle ivresse,
Cherchez les appas trompeurs :
Dans vos bruyantes orgies,
Que vos coupes soient remplies
Par les grâces et l'amour ;
Et de rires sardoniques,
Insultant à mes cantiques,
Chantez vos plaisirs d'un jour.

Hâtez-vous, le temps vous presse !
On a vu plus d'une fois
Aux banquets de l'allégresse
La mort réclamant ses droits ;
Ah ! peut-être avant une heure,
Sa main dans votre demeure
Tendra les voiles du deuil ;
Et sous ce portique immense,
D'un œil sec, l'indifférence
Viendra voir votre cercueil.

Que votre lyre éclatante
Frappe l'air de mille sons,
Que la foule obéissante
Applaudisse à vos chansons,
Moi, je n'ai qu'une humble lyre ;
Des hymnes que je soupire
Nul ne répète les airs :
Mais Dieu m'entend, et les anges,
Quand ils chantent ses louanges,
M'admettent à leurs concerts.

Dieu m'entend ; et sa clémence,
Me montrant le plus beau don,
Promet à ma repentance

L'espérance du pardon.
Je sais que je fus coupable,
Mais les coups dont il m'accable
Partent de son équité ;
Plus je souffre, plus j'espère ;
Plus il frappe en sa colère,
Plus je crois en sa bonté.

Ainsi, l'acier secourable
Que guide une habile main
Ne me devient favorable
Qu'en me déchirant le sein ;
Les douleurs dont on m'abreuve
Ne me sont rien qu'une épreuve
Avant l'éternel repos :
Élargissez ma blessure,
Pour mieux obtenir la cure
Qui doit guérir tous nos maux.

Au Comte Jules de Rességuier

Fidèle ami qu'en vain la fortune infidèle
Eût voulu dans sa fuite entraîner avec elle,
Noble et sincère cœur, noble et brillant esprit,
Que mon esprit admire et que mon cœur chérit :
Vous, par qui sont toujours mes peines effacées,
Mes regrets adoucis, mes vœux encouragés ;
Qui lisez dans mon sein mes plus chères pensées,
Vous ne les blâmez pas, vous qui les partagez.

Qu'est-ce donc qu'on espère et qu'est-ce qu'on exige ?
Que me veulent à moi ces conseils, et que puis-je ?
Demander ? mais à qui ? Solliciter ? mais quoi ?
Fléchir ? sous quelle main ? S'humilier ? pourquoi ?
Où sont ces Dieux, où sont ces justes et ces sages
A qui doive mon cœur d'humbles et vils hommages ?
Qui sont-ils, pour les craindre ou pour les supplier ?
Qui donc, pour que devant leurs fragiles images
Puissent mon front pâlir et mes genoux plier ?

Les irai-je adorer, eux que la terre accuse?
M'en irai-je, abattu, l'œil en pleurs, l'âme en deuil,
Du récit de mes maux enivrant leur orgueil,
Murmurer à leurs pieds une stérile excuse,
Et, des droits les plus chers confirmant l'abandon,
Du crime qu'inventa leur criminelle ruse
Mendier à genoux l'injurieux pardon,
Puis, la fraude à son tour couronnant ces faiblesses,
Fourbe infâme, accabler de mes fausses caresses
Qui mon cœur trahirait, si je savais trahir,
Qui, si je haïssais, mon cœur voudrait haïr?

La justice, on l'attend; l'injustice, on l'affronte.
Moi, qu'à d'indignes soins je me veuille asservir?
Je souffre : que faut-il de plus pour assouvir
Leur vengeance à la fois et si lente et si prompte?
Ils ont eu mes malheurs, ils n'auront pas ma honte.

Justes, qu'attendent-ils, et pour les avertir
Est-ce peu de mes fers et de leur repentir?
Injustes, voyez-les de bruyantes risées
Couvrir insolemment mes plaintes méprisées,
Et triompher deux fois dans leur âpre fierté
Et des maux qu'ils m'ont faits et de ma lâcheté;
Mais en un seul malheur ce serait trop de joie,

Et leur haine se peut contenter d'une proie.
Qui d'un cœur ferme et droit aime et cherche le bien,
Libre du faix pesant qui fatiguait sa vie,
Sourd aux folles clameurs qu'essaye encor l'envie,
Craint peu, souffre en silence et ne demande rien.

Non, l'on ne m'a point vu, le front dans la poussière,
Faire monter vers eux une ignoble prière,
Mes lèvres du remords n'ont point goûté le fiel.
C'est moi qui leur pardonne ! et ma voix libre et fière
A gémi, mais pour eux ; a prié, mais le Ciel.

Mars 1834.

A PARIS

DE L'IMPRIMERIE JOUAUST

Rue Saint-Honoré, 338

IOV AVST

www.ingramcontent.com/pod-product-compliance
Lightning Source LLC
Chambersburg PA
CBHW060458260626
47161CB00005B/2163